Estaba la rana

ILUSTRADO POR RAMÓN PARIS

EDICIONES EKARÉ

ESTABA LA RANA CANTANDO
"Debajo del agua".

¡AGUA!

CUANDO LA RANA
SE PUSO A CANTAR,
VINO LA MOSCA
Y LA HIZO CALLAR.

LA MOSCA A LA RANA
QUE ESTABA CANTANDO
"Debajo del agua".

¡AGUA!

CUANDO LA MOSCA
SE PUSO A CANTAR,
VINO LA ARAÑA
Y LA HIZO CALLAR.

LA ARAÑA A LA MOSCA,
LA MOSCA A LA RANA
QUE ESTABA CANTANDO
"Debajo del agua".

¡AGUA!

CUANDO LA ARAÑA
SE PUSO A CANTAR,
VINO EL RATÓN
Y LA HIZO CALLAR.

EL RATÓN A LA ARAÑA,
LA ARAÑA A LA MOSCA,
LA MOSCA A LA RANA
QUE ESTABA CANTANDO
"Debajo del agua".

¡AGUA!

CUANDO EL RATÓN
SE PUSO A CANTAR,
VINO EL GATO
Y LO HIZO CALLAR.

EL GATO AL RATÓN,
EL RATÓN A LA ARAÑA,
LA ARAÑA A LA MOSCA,
LA MOSCA A LA RANA
QUE ESTABA CANTANDO
"Debajo del agua".

¡AGUA!

CUANDO EL GATO
SE PUSO A CANTAR,
VINO EL PERRO
Y LO HIZO CALLAR.

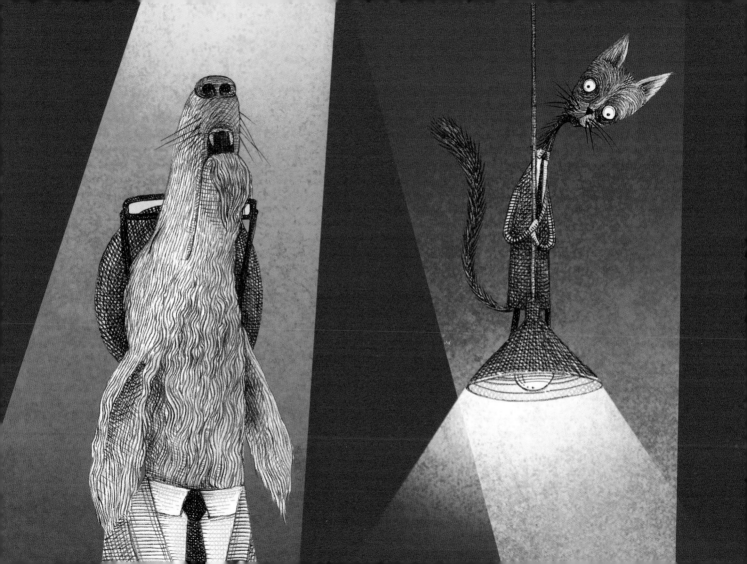

EL PERRO AL GATO,
EL GATO AL RATÓN,
EL RATÓN A LA ARAÑA,
LA ARAÑA A LA MOSCA,
LA MOSCA A LA RANA
QUE ESTABA CANTANDO
"Debajo del agua".

¡AGUA!

CUANDO EL PERRO
SE PUSO A CANTAR,
VINO EL HOMBRE
Y LO HIZO CALLAR.

EL HOMBRE AL PERRO,
EL PERRO AL GATO,
EL GATO AL RATÓN,
EL RATÓN A LA ARAÑA,
LA ARAÑA A LA MOSCA,
LA MOSCA A LA RANA
QUE ESTABA CANTANDO
"Debajo del agua".

¡AGUA!

CUANDO EL HOMBRE
SE PUSO A CANTAR,
VINO LA VIEJA
Y LO HIZO CALLAR.

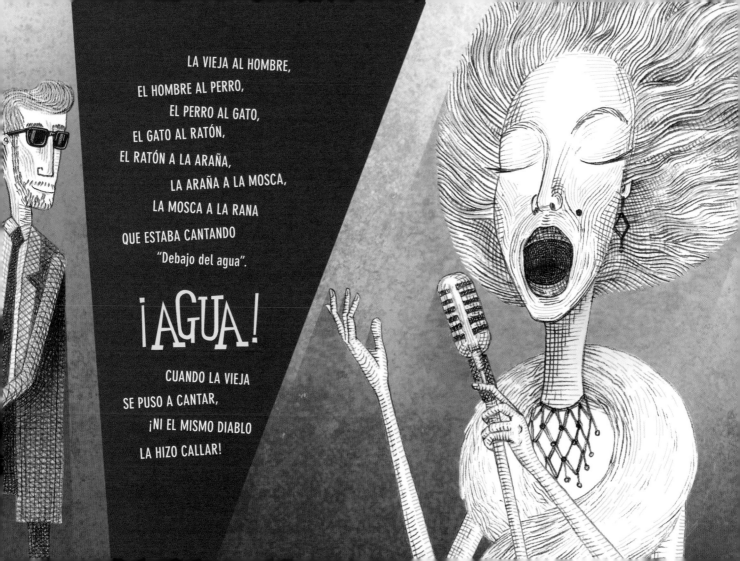

LA VIEJA AL HOMBRE,
EL HOMBRE AL PERRO,
EL PERRO AL GATO,
EL GATO AL RATÓN,
EL RATÓN A LA ARAÑA,
LA ARAÑA A LA MOSCA,
LA MOSCA A LA RANA
QUE ESTABA CANTANDO
"Debajo del agua".

¡AGUA!

CUANDO LA VIEJA
SE PUSO A CANTAR,
¡NI EL MISMO DIABLO
LA HIZO CALLAR!

A

Z

JAZZ

JAZZ

8.00 PM

MARTES Y JUEVES 8.00 PM

MARTES Y JUEVES 8.00 PM

VI

SE BUSCA

117523331

CURSO
DIBUJO
Peli

COTTE

PARTITURA Y LETRA →

Estaba la rana

Es — ta — ba la ra — na can — tan — do de — ba — jo del a — gua. ¡A — gua!

Cuan — do la ra — na se pu — so a can — tar, vi — no la mos — ca y la hi — zo ca — llar. La

1

Estaba la rana cantando debajo del agua.
¡Agua!
Cuando la rana se puso a cantar,
vino la mosca y la hizo callar.

2

La mosca a la rana
que estaba cantando debajo del agua.
¡Agua!
Cuando la mosca se puso a cantar,
vino la araña y la hizo callar.

3

La araña a la mosca,
la mosca a la rana
que estaba cantando debajo del agua.
¡Agua!
Cuando la araña se puso a cantar,
vino el ratón y la hizo callar.

4

El ratón a la araña,
la araña a la mosca,
la mosca a la rana
que estaba cantando debajo del agua.
¡Agua!
Cuando el ratón se puso a cantar,
vino el gato y lo hizo callar.

5

El gato al ratón,
el ratón a la araña,
la araña a la mosca,
la mosca a la rana
que estaba cantando debajo del agua.
¡Agua!
Cuando el gato se puso a cantar,
vino el perro y lo hizo callar.

6

El perro al gato,
el gato al ratón,
el ratón a la araña,
la araña a la mosca,
la mosca a la rana
que estaba cantando debajo del agua.
¡Agua!
Cuando el perro se puso a cantar,
vino el hombre y lo hizo callar.

7

El hombre al perro,
el perro al gato,
el gato al ratón,
el ratón a la araña,
la araña a la mosca,
la mosca a la rana
que estaba cantando debajo del agua.
¡Agua!
Cuando el hombre se puso a cantar,
vino la vieja y lo hizo callar.

8

La vieja al hombre,
el hombre al perro,
el perro al gato,
el gato al ratón,
el ratón a la araña,
la araña a la mosca,
la mosca a la rana
que estaba cantando debajo del agua.
¡Agua!
Cuando la vieja se puso a cantar,
¡ni el mismo diablo la hizo callar!

EDICIONES
ekaré

Edición a cargo de María Cecilia Silva-Díaz
Dirección de arte: Irene Savino

© 2015 Ramón París, ilustraciones
© 2015 Ediciones Ekaré

Av. Luis Roche, Edif. Banco del Libro, Altamira Sur. Caracas 1060, Venezuela
C/ Sant Agustí 6, bajos. 08012 Barcelona, España

www.ekare.com

ISBN 978-84-944050-5-1
Depósito legal B.14281.2015

Impreso en Barcelona por Comgrafic